LE BANQUET

DE

VERSAILLES.

PAR M. NATALIS ROSSET,

AUTEUR DES LETTRES AU PEUPLE FRANÇAIS.

A LYON,

CHEZ RUSAND, LIBRAIRE, IMPRIMEUR DU ROI.

A PARIS,

A LA LIBRAIRIE ECCLÉSIASTIQUE DE RUSAND,
rue du Pot-de-Fer-St.-Sulpice, n.° 2.

1827.

AVIS DE L'ÉDITEUR.

——

Trois Parisiens liés d'amitié, quoique
d'une opinion différente, faisoient régu-
lièrement tous les jeudis, pendant la
belle saison, une promenade à Ver-
sailles; ils alloient dîner chez un res-
taurateur où se rassembloient aussi
beaucoup d'oisifs étrangers et natio-
naux. Nos trois amis dînoient seuls
dans une jolie petite pièce dont la fe-
nêtre donnoit sur la place du Château.
Là, très-souvent ils se querelloient en
matière d'opinion, et leurs discussions
amusantes attiroient quelquefois la cu-
riosité des amateurs établis dans la pièce
voisine, d'où l'on pouvoit facilement les
entendre. L'un de ces amateurs conçut
un jour l'idée d'écrire leurs conversa-

A 2

tions pour s'en égayer avec ses amis. C'est ainsi que nous est parvenu le manuscrit de l'entretien qu'on va lire ; Si l'on pensoit que la suite méritât d'être connue , nous nous ferons un devoir de la publier.

BANQUET
DE VERSAILLES.

DES JÉSUITES.

LE VICOMTE, LE CHEVALIER, L'AVOCAT.

L'AVOCAT.

Allons, mon cher Vicomte, vous n'y pensez
pas. Est-il possible qu'avec de l'esprit vous con-
serviez encore d'aussi barbares préjugés ? Vous
raisonnez comme au temps de la bonne reine
Berthe, et vous oubliez que nous vivons dans
le siècle des lumières. Si les Ultramontains
regrettent les beaux jours de Grégoire VII,
l'honnête homme doit gémir sur de semblables
rêveries, et se faire gloire de marcher avec ses
contemporains.

LE VICOMTE.

Halte-là, monsieur l'Avocat, je vous arrête,
s'il vous plaît. L'honnête homme, dites-vous,
doit marcher avec ses contemporains; dis-
tinguons, si vous daignez le permettre : il
doit marcher avec le siècle, si le siècle est rai-

sonnable, j'en demeure d'accord; mais si par hasard cela n'étoit rien moins qu'évident, votre honnête homme seroit un fou de le faire. En vain prétendez-vous m'étourdir en vous écriant que nous vivons dans un temps de lumières et de philosophie ; il faudroit, si vous en aviez la complaisance, me prouver cette proposition avant de l'établir en principe et de la regarder comme un axiome.

LE CHEVALIER.

Monsieur le Vicomte voudroit-il soutenir peut-être, contre l'opinion générale, que nous vivons dans un siècle de barbarie ? ce seroit là sans doute, il faut en convenir, une étrange prétention.

LE VICOMTE.

Je ne dis pas cela : nous ne sommes pas dans un temps de barbarie ; mais sommes-nous dans le siècle le plus éclairé ? Pouvons-nous rire de nos aïeux, et sous mille rapports ne valoient-ils pas mieux que nous ? Il me semble qu'on pourroit argumenter en faveur de ce bon vieux temps que l'on s'étudie à dénigrer, sans devenir ridicule et sans mériter vos mauvaises plaisanteries.

L'AVOCAT.

Je l'avois toujours dit : notre cher Vicomte

est un franc Jésuite ; c'est la tête la plus féo-
dale que l'on puisse imaginer, et l'on ne trou-
veroit peut-être pas son pareil en parcourant
les quatre coins de l'Europe ; si vous le pous-
siez à bout, il seroit homme à vous dire en
face que notre siècle est une époque de té-
nèbres, et que le temps où les preux che-
valiers alloient détroussant les voyageurs sur
nos grandes routes ; où la justice toujours si
clairvoyante faisoit brûler les sorciers et les
devins ; où l'on croyoit à la magie , aux bonnes
fées, aux revenans , étoit un âge d'or en com-
paraison du dix-neuvième siècle : je ferois la
gageure que monsieur le Vicomte seroit capable
d'aller jusque là.

LE CHEVALIER.

Oh bon ! vous plaisantez , mon cher Avocat ;
cela n'est pas possible. Notre ami commun
passe, à juste titre, pour un homme d'esprit ,
et jamais, sans doute, il n'auroit la folie de
regretter des jours de sottise , d'ignorance et
de préjugés. C'est là ce que j'oserois parier sans
craindre l'ombre d'un démenti.

LE VICOMTE.

Ne pariez pas , monsieur le Chevalier , ne
pariez pas , je vous en conjure ; car vous ris-

queriez de mettre en compromis votre gloire
et votre argent.

L'AVOCAT.

Eh bien ! n'avois-je pas raison ? mon pauvre
Chevalier, tu ne connois pas ton monde, et tu
ne sais pas jusqu'où ces gothiques Messieurs
poussent le privilége de déraisonner à l'abri
de cette Charte *octroyée* par un prince débonnaire. Ah ! jarni-dieu, si ce *bon Roi* m'en
avoit confié la rédaction, je vous réponds,
sur ma parole, que ces beaux Messieurs de
l'ancien régime ne viendroient pas nous étourdir de leur verbiage suranné.

LE CHEVALIER.

Mais tu n'y penses donc pas, mon cher Avocat ? Un sincère ami de la tolérance et de la
liberté devroit-il proférer un semblable langage ?

L'AVOCAT.

Que notre Chevalier est admirable avec ses
grands principes ! En vérité, tu ne comprends
rien à cette liberté, que tu ne manquerois certainement pas de compromettre par d'impoli-
tiques ménagemens, si jamais le mauvais génie
de la France alloit te pousser à la tête de nos

affaires. M'entende qui voudra, il faut du caractère pour devenir, et surtout pour rester libre. '

LE CHEVALIER.

Allons donc, voilà bien deux exagérés. Je vais faire ici, je le prévois, une sotte figure ; mais gardons notre assiette et tâchons de ramener l'entretien. Vous affirmez donc, monsieur le Vicomte, que le dix-neuvième siècle n'est pas le plus éclairé de tous les siècles passés et futurs ? Vous conviendrez du moins que si nos institutions libérales vous déplaisent, nous avons eu la gloire de secouer le joug d'une foule de préjugés.

LE VICOMTE.

Il est vrai que nous n'osons plus croire aux revenans, et que nous n'avons plus la sottise de faire brûler chrétiennement les sorciers et les magiciens ; mais en revanche nous avons bien d'autres préjugés mille fois plus ridicules.

L'AVOCAT.

Des préjugés au dix-neuvième siècle ! jarnidieu ! la bile m'étouffe quand j'entends ces propos-là ; mais tâchons de nous contenir. Je serois vraiment curieux, monsieur le Vicomte, de

vous entendre raisonner à cet égard. Si ce
n'étoit pas outrager le plus féodal de tous les
gentilshommes du continent, j'oserois vous
prier de me fournir la preuve de cette étrange
assertion.

LE VICOMTE.

Si cela peut vous divertir, le plus féodal
de tous les gentilshommes de l'univers va s'em-
presser de vous satisfaire ; mais, comme dans
toutes les discussions il faut procéder avec
méthode, commençons, diroit mon barbier,
et commençons par le commencement. Ce déchaînement général contre les Jésuites n'est-
il pas l'effet d'un véritable préjugé ?

L'AVOCAT.

Oh ! pour le coup, voilà qui va bien : je
l'avois toujours pensé, notre ami n'est qu'un
ultramontain. Oserez-vous sérieusement prendre la défense de ces détestables cafards ?

LE CHEVALIER.

Mon cher Vicomte, je suis forcé d'en convenir, votre début est une grande faute de
rhétorique. Est-il possible aujourd'hui de parler en faveur des Jésuites ?

L'AVOCAT.

Laisse-le faire , et tu l'entendras bientôt.
M. le Vicomte est plus sage que toute la France;
il est plus ultramontain que le Pape ; il est
plus royaliste que le Roi : voilà comment sont
faits tous ces beaux Messieurs de l'ancien régime. Allons , vaillant champion des enfans de
Loyola , poursuivez votre discours , et voyons
comment vous sortirez de ce mauvais pas.

LE CHEVALIER.

Mais de quelle manière notre ami le Vicomte
pourra-t-il soutenir une cause aussi généralement
décriée ? Ne savez-vous pas que tous les Rois
d'Europe ont provoqué, il y a cinquante ans
environ, la destruction de cette dangereuse
compagnie ; et direz-vous qu'une telle conduite
de la part des Souverains n'est pas de nature
à flétrir la gloire de vos damnés Jésuites ?

LE VICOMTE.

Les Rois les avoient condamnés , il est vrai ;
mais la plupart de ces augustes personnages
ont cru nécessaire, ou du moins très-utile de
les rappeler au milieu de nous. Messieurs les
philosophes qui détestoient franchement la
calomnie , comme chacun sait , les avoient

accusés de conspirer la destruction de la monarchie en Europe, et les Rois avoient eu la
folie de croire à la justice de cette accusation.
Mais comme les trônes n'ont pas été plus so-
lides depuis la suppression de cette illustre société, et que même ils se sont écroulés malgré
tous les oracles de la philosophie, les Rois ont
ouvert les yeux, et les Jésuites ont été rétablis.
Il me paroît donc qu'en bonne logique, il
faudroit conclure à l'innocence des proscrits,
parce que la sentence de rappel a nécessairement cassé l'arrêt de proscription.

LE CHEVALIER.

Voilà, j'en conviens, une raison qui n'est pas
tout-à-fait ridicule; mais le Pape, morbleu!
le Pape auroit-il sacrifié les Jésuites, s'il n'avoit
pas eu la preuve des crimes qu'on leur impute?

LE VICOMTE.

Mais ne connoît-on pas les répugnances de
l'infortuné Ganganelli, et ne sait-on pas que
le bref de suppression lui fut arraché par la
violence? D'ailleurs, si Ganganelli les supprima,
le vertueux Pie VII s'est empressé de réparer la
faute de ce malheureux Pontife.

LE CHEVALIER.

Du moins faudroit-il convenir qu'il existoit

dans toute l'Europe une opinion générale contre
l'existence des enfans de saint Ignace , et que
cette haine est la même aujourd'hui.

LE VICOMTE.

Quant à ce fait, il est certain ; mais je demande si l'Europe avoit raison, et si nous avons
raison nous-mêmes en demandant, comme des
forcenés, le bannissement d'une centaine de
Jésuites répandus sur la surface de l'empire ?
Avons-nous bonne grâce de vanter la tolérance,
en criant à la persécution ? Qu'il y ait eu quelques mauvais sujets parmi les anciens Jésuites,
la chose est possible ; mais l'histoire nous at-
teste les services que la corporation rendit à la
société; elle nous dit que de toutes les corpora-
tions connues depuis la création du monde ,
celle de Loyola se montra la plus irréprocha-
ble. Seroit-il juste de condamner un corps en-
tier pour les erreurs , et même , si vous le voulez , pour les crimes de quelques individus ?
En admettant un principe aussi monstrueux ,
je vous dirai : l'ordre des avocats produisit
Robespierre et Danton ; allons donc vite , dé-
pêchons-nous , bannissons tous les avocats ,
et prions ces Messieurs d'aller plaider chez les
Hottentots ou chez les Iroquois ! Ne voyez-
vous pas que ce sont là des révolutionnaires , et

que la monarchie est en péril tant que la France n'en sera pas délivrée? Que diroit le barreau d'un semblable argument?

Marat professa la médecine ; hâtons-nous d'expulser tous les médecins du royaume, car vous comprenez, sans doute, que tous les disciples d'Hipocrate sont des buveurs de sang, et que, peu satisfaits d'expédier leur monde à petit bruit, ainsi qu'ils en ont le droit de temps immémorial en vertu de leurs patentes, nos graves Esculapes appellent de tous leurs vœux la sainte guillotine, à l'exemple de leur vénérable confrère. Cela n'est-il pas bien évident? Chassons de nos villes, non-seulement les médecins, mais encore les apothicaires, parce que ces Messieurs sont nécessairement sous l'influence de la docte faculté. Que ferez-vous alors, que deviendrez-vous, beautés à vapeurs, coquettes sensibles et valétudinaires? Hélas ! vous n'en mourrez pas moins, consolez-vous, c'est moi qui vous en réponds. D'ailleurs, ne devez-vous pas sacrifier l'intérêt de vos charmes au bonheur de votre chère patrie? Si vous avez surtout ses idées libérales, n'êtes-vous pas tenues en conscience de souhaiter le bannissement de tous ces gens-là, qui sont très-certainement de fort mauvais sujets, puisque leur collègue Marat, de funèbre mémoire, n'étoit qu'un plat vaurien?

Nous bannirons aussi tous les savetiers, dussions-nous marcher à pieds nus comme de véritables sansculottes ; car Simon, ce débonnaire geôlier du malheureux dauphin, avoit l'honneur de faire des souliers.

Nous nous garderons surtout de faire grâce à messieurs les Journalistes, car le cynique Hébert et le farouche Carra exercèrent la même profession que ces respectables personnages. Illustres rédacteurs du *Courrier* et du *Constitutionnel*, hâtez-vous donc de plier bagage; fermez vos ateliers, où la justice du peuple français pourra fort bien vous envoyer en Amérique, éclairer, de concert avec les Jésuites, les hordes sauvages et les tribus errantes de ce nouveau monde. Quitter le sceptre de la politique et de la littérature, ce seroit là, sans doute, un bien douloureux sacrifice ; mais ce qu'il y auroit de plus fâcheux pour de grands génies tels que vous, ce seroit d'aller courir l'aventure avec ces maudits enfans de Loyola, dont la seule idée vous donne la fièvre et vous fait rugir comme des lions. Cependant, vous en conviendrez, puisque vous comptez un père Duchesne au nombre de vos confrères, vous ne pouvez plus vivre au milieu de nous sans troubler la tranquillité publique. Vous trouveriez donc tout-à-fait naturel que la nation, conformément aux règles de votre nouvelle logique , ne s'endormît pas sur votre compte, ét qu'elle s'empressât de murer vos glorieux laboratoires , d'où partent cependant chaque matin des foudres d'éloquence et des torrens de lumières. Vous êtes trop grands patriotes pour ne pas consentir à tous les sacrifices dans le but de tranquilliser vos concitoyens justement alarmés.

Vous riez, M. le Chevalier ! mais ce que je dis seroit-il par hasard tant soit peu ridicule ? Dans ce cas, vous ne devriez pas en convenir ; car je me conforme, tout aristocrate que je suis , aux lumineux principes de vos libéraux. Puisque ces Messieurs sont les plus puissans raisonneurs de la raisonneuse Europe , vous ne me ferez pas un crime de marcher sur leurs traces ; puisqu'ils veulent proscrire une corpo- ration pour les erreurs de quelques-uns de ses membres , ces amis de l'égalité trouveront sans doute très-équitable l'application du principe qu'ils ont admis. Ils détestent trop cordiale- ment les priviléges pour s'affranchir d'une règle qu'ils ne craignent pas d'invoquer contre les Jésuites. Il nous faut donc bannir et les méde- cins et les apothicaires ; il nous faut donc pros- crire et les avocats et les journalistes ; il nous faut donc chasser toutes les classes sans dis- tinction , parce que dans chacune il s'est ren-

contré

contré des factieux , des hommes immoraux ou
de méchans écrivailleurs. La France alors ne
fera bientôt plus qu'une vaste solitude ; mais
qu'importe ? cela ne doit pas nous arrêter.
C'est la logique des libéraux qui l'ordonne , et
cette logique-là vaut bien , quoi qu'on en dise ,
celle du grave Aristote de scolastique mémoire.

Eh bien! Messieurs , que pensez-vous de
cette petite expédition ? N'est-elle pas tout-à-fait
philosophique? Ah! misérables Jésuites ! sachez
enfin qu'on va bientôt vous apprendre à vivre.
Ignorez-vous qu'un corps est solidaire , et que
trois siècles de vertus ne balanceront jamais, dans
le siècle de la raison , les petites fredaines de
quelques individus? Vous ne compreniez pas
cela, aussi n'étiez-vous que des éteignoirs ; vous
aviez la bonhomie de raisonner comme dans les
jours de Louis XIV , comme dans ces temps de
profonde ignorance et de barbares préjugés.
Vous ignoriez donc les merveilleuses décou-
vertes du dix-neuvième siècle? Vous ne sa-
viez pas qu'on a tout réformé , jusqu'aux principes du sens commun? Allez donc, retournez
vite à l'école ; cessez surtout d'être Jésuites, et
peut-être , ce qui cependant n'est pas sûr, on
voudra bien vous permettre de résider en
France.

B

LE CHEVALIER.

Plaisantez tant qu'il vous plaira ; vous ne parviendrez jamais à canoniser dans mon esprit ces maudits enfans de saint Ignace.

L'AVOCAT.

Savez-vous, M. le Vicomte, que si vous n'étiez pas mon ami, je pourrois fort bien vous étrangler. En vérité, ces aristocrates sont de fameux éteignoirs.

LE CHEVALIER.

Votre plaisanterie seroit excellente, M. le Vicomte, si vos chers Jésuites n'avoient pas été condamnés par les arrêts de nos parlemens ; mais la sentence dont ils furent frappés existe encore, et par conséquent les Jésuites n'ont pas le droit de reparoître en France : *Res judicata pro veritate habetur.*

LE VICOMTE.

Puisque vous avez tant de respect pour les arrêts de la magistrature, nous y consentons volontiers ; mais alors pourquoi faites-vous réimprimer Voltaire et Rousseau ? Ne savez-vous pas que les parlemens ont condamné les œuvres de ces deux grands maîtres de la philosophie ? Si la magistrature n'a pu se tromper en détruisant les Jésuites, auroit-elle par hasard commis une bévue en censurant les œuvres de ces deux grands génies du dix-huitième siècle ? Si l'on doit exécuter ses arrêts contre les Jésuites, pourquoi refuseroit-on d'exécuter ceux qu'elle a portés contre les philosophes ? Ou ne parlez plus de votre respect pour les décisions de nos parlemens, ou respectez sans aucune restriction toutes les sentences qu'ils ont rendues dans leur auguste infaillibilité : *Res judicata pro veritate habetur.*

LE CHEVALIER.

Mais de bonne foi, M. le Vicomte, oserez-vous comparer vos malheureux Jésuites aux illustres philosophes du dernier siècle ? Des génies sublimes qui travaillèrent à propager les lumières, ne doivent-ils pas l'emporter mille fois sur de méchans moines qui tendoient à plonger l'univers dans la plus profonde barbarie ?

LE VICOMTE.

M. le Chevalier, restez, s'il vous plaît, dans la question, et ne divaguez pas. Cette petite ruse de guerre est familière à vos pareils; elle est excellente avec les bonnes gens qui veulent bien croire, sur votre parole, à l'infaillibilité de la

B 2

philosophie; mais quant à moi, tout éteignoir
que je suis, je ne tomberai jamais dans un
piége semblable. Je conviendrois même, si
cette concession pouvoit vous faire un grand
plaisir, que les Jésuites étoient de véritables
ignorans, et que ces Visigoths d'un nouveau
genre travailloient à précipiter l'Europe dans
toute la sottise du moyen âge. Il est vrai que
l'histoire nous dit positivement le contraire;
mais on sait bien que les libéraux ont refait l'histoire comme tout le reste; ainsi, pour nous
conformer à la raison du siècle, qui n'est pas
une bête, nous allons regarder les Jésuites
comme autant de niais et d'imbécilles; après
cela, je vous le demande, vous en croirez-vous
plus avancé? *Res judicata pro veritate habetur*, vous répéterai-je à mon tour : tant qu'un
arrêt n'est pas anéanti, il faut nécessairement
l'exécuter. En conséquence de ce grand principe, vos fameux philosophes n'en demeurent
pas moins sous l'anathème prononcé par nos
vieux parlemens. Leur sort doit être égal à celui
de ces pauvres Jésuites tant bafoués; et les uns
et les autres ne méritent sans doute aucune
grâce devant le terrible axiome : *Res judicata
pro veritate habetur.* Je conviendrois encore,
si vous l'exigiez, que nos magistrats furent des
fanatiques quand ils eurent la sottise de con-

damner aux flammes les pages éloquentes de
l'*Emile* , et les vers si moraux, si chastes , si
philosophiques de la *Pucelle*; mais tout cela n'est
d'aucun poids devant cet impitoyable *Res judicata*. Je sens néanmoins combien il seroit agréa-
ble et commode d'avoir le droit d'invoquer les
arrêts qui nous font plaisir , et de laisser pourir
dans la poudre des greffes les sentences qui ont
le malheur de nous déplaire ; mais si cette méthode étoit par hasard dans le goût de M.e Du-
pin et compagnie, en bonne logique , une méthode pareille ne seroit guère admissible ; et
d'ailleurs, elle seroit en effet trop jésuitique pour
ne pas alarmer la conscience et la loyauté des
libéraux. Il me paroît donc que pour observer
les règles de la justice, nous mettrons de côté
les arrêts de nos vieux parlemens ; car je vois
assez que, dans l'intérêt de vos chers philosophes , vous allez finir par décliner leur com-
pétence.

LE CHEVALIER.

Savez-vous , M. le Vicomte, que , tout en
écoutant vos plaisanteries, j'ai peur de me con-
vertir ? Il faut avouer que vos argumens sont
assez raisonnables , et que nous avons tort d'invoquer les arrêts de ces maudits parlemens ;
mais pourquoi donc aussi notre vieille magistra-

ture alloit-elle condamner les flambeaux de la philosophie? Il faut convenir que nos anciens magistrats n'étoient en effet que de véritables éteignoirs. Mais vous ne dites rien, mon cher Avocat; songez donc que votre silence compromet la sainte cause de la liberté.

L'AVOCAT.

Vous la défendez avec tant d'esprit, que vous n'avez certainement pas besoin d'auxiliaires. Je l'avois toujours dit : vous n'êtes pas taillé pour faire un philosophe. Jarni-dieu! j'enrage quand je vois de semblables femmelettes pâlir devant un argument, et, pour le sot honneur d'une logique surannée, convenir de leur défaite et chanter la palinodie.

LE CHEVALIER.

Calmez-vous, mon cher ami, je ne suis pas encore battu; je peux fort bien abandonner les arrêts de nos parlemens sans accorder la victoire à notre adversaire commun. En effet, s'il faut, pour demeurer conséquent, se départir des sentences de la magistrature, on n'en dira pas autant d'un édit du Roi qui, si je ne me trompe, contribua de son côté à la suppression des Jésuites. Notre cher Vicomte ne déclinera pas, sans doute, une pareille autorité;

il est pour cela trop bon royaliste et trop bon français.

LE VICOMTE.

Hé bien ! vous êtes encore dans l'erreur ; cet édit ne m'en impose pas davantage que l'arrêt des parlemens ; car il est de principe , du moins chez nous autres raisonneurs de l'ancien régime , que la loi nouvelle détruit les lois anciennes, quand leurs dispositions respectives se trouvent contradictoires.

LE CHEVALIER.

Mais pourriez-vous me citer un seul paragraphe, dans nos lois actuelles, qui soit favorable au rétablissement des Jésuites ? Non, sans doute ; *ergò* , d'après vos principes mêmes , les lois anciennes sont encore en vigueur.

LE VICOMTE.

Si je n'avois pas toute l'urbanité française , je vous dirois : M. le Chevalier, votre *ergò* n'est qu'un sot. Mais des injures n'étant pas des raisons , je me bornerai, pour le moment, à vous répondre que je nie formellement la proposition de votre seigneurie. N'est-il pas évident que la charte a consacré la liberté des opinions ?

LE CHEVALIER.

Je vois la conséquence, mais elle n'est pas admissible.

LE VICOMTE.

Eh ! pourquoi, s'il vous plaît ?

LE CHEVALIER.

Parce que jamais le roi de France ne peut avoir eu l'intention de tolérer les Jésuites.

LE VICOMTE.

Allons, vous plaisantez, mon cher ami. Des bonzes, des brames, des derviches auroient le droit de s'établir au milieu de nous ; je pourrois me faire demain juif, musulman, quaker, ana-baptiste, et personne n'auroit rien à me dire ! Je pourrois adorer Vichenou, vénérer le grand Lama, brûler mon encens devant un crocodile, ou me prosterner devant un singe, et personne n'auroit le privilége de troubler mon culte et d'insulter à mon idolâtrie ! Je pourrois devenir déiste, matérialiste, athée, et, grâce à la charte, il me seroit permis de vivre et de dormir en paix ! N'est-ce pas là, dites-moi, la doctrine éminemment constitutionnelle ? Mais, au mépris de la loi fondamentale, on pourra chasser les

Jésuites comme de véritables pestiférés ! cela
n'est-il pas incroyable ? Et cependant nous
avons des légistes qui se piquent de savoir raisonner, et qui ne rougissent pas de partager
cette ridicule opinion. Cela n'est-il pas de nature à choquer le bon sens du dernier villageois ? Peut-on faire une telle violence au sens
commun, sans être le jouet d'un fanatique préjugé, ou sans donner la preuve de la plus in-
signe mauvaise foi ?

Allons, messieurs les Jésuites, déguerpissez
de cette belle France qui vous repousse ; puisqu'un cri général s'élève contre vous, il faut
bien que vous soyez des ogres, des antropo-
phages, ou cent fois pis que tout cela. Les gens
qui nous conseillent de lire *Candide* et de mé-
diter *la Pucelle*, vous accusent de corrompre
la jeunesse ; en conséquence, ce chef d'accusation est suffisamment démontré. Les amis de
Berton, les admirateurs de Bolivar, les avocats
de Robespierre vous appellent des factieux ; le
moyen, après cela, de croire à votre innocence ?
Ne saviez-vous pas qu'un poète français, dans
sa douce urbanité, vous a flétris naguères du
joli surnom de boucs et de tartufes ? Ne vous
a-t-on pas accusés de prêcher le régicide, et cette
accusation n'équivaut-elle pas à des preuves
sans réplique ? Croyez-moi donc, quittez la

France, et ne compromettez pas, en restant
parmi nous, le salut de la monarchie que le
Constitutionnel a daigné prendre sous sa protection. Il y a des Jésuites, il est vrai, en Suisse,
en Angleterre, aux Etats-Unis ; mais on sait
bien que dans ces pays-là on n'entend rien à
la liberté.

LE CHEVALIER.

Vous plaisantez à merveille, je dois en convenir ; mais enfin, si les Jésuites n'étoient pas
des monstres, comment seroient-ils repoussés
par l'opinion publique ?

LE VICOMTE.

Je répondrai tout à l'heure à cette question :
mais, vous dirai-je auparavant, si l'opinion
publique les repousse, comme vous le prétendez, calmez-vous donc, soyez tranquille, ils
ne pourront jamais se naturaliser en France ;
leurs écoles resteront certainement désertes, et
ces barbares seront contraints d'aller chercher
ailleurs des nations un peu moins philosophes
que la nôtre. Ce déchaînement général dont
vous me parlez est donc une véritable démence.
Ah ! mes chers amis, si nous rions de nos braves
aïeux, avec quelle justice la postérité va-t-elle
se divertir à nos dépens !

LE CHEVALIER.

Vous avez beau dire, M. le Vicomte, les Jésuites me font une peur horrible : j'en suis tellement effrayé, que je crois en rencontrer dans toutes les rues, et qu'au milieu de la nuit, cette idée me réveille en sursaut.

LE VICOMTE.

Si ce n'est pas là du préjugé, quant à moi je ne sais plus ce que le mot *préjugé* veut dire.

L'AVOCAT.

C'est un grand maladroit que notre ami le Chevalier. Voyons, M. le Vicomte, si vous aurez si beau jeu quand vous lutterez avec moi. Comme, malgré votre aristocratie, vous n'en êtes pas moins un galant homme, comme, malgré votre jésuitisme, vous avez cependant de la droiture et de la loyauté, je ne crains pas de vous ouvrir mon cœur, et de m'expliquer sans le moindre détour. Je vous dirai donc que les coryphées du parti libéral se moquent des Jésuites, et qu'ils rient les premiers des pompeuses déclamations dont chaque jour ils affectent de remplir les colonnes de leurs journaux et les pages de leurs piquantes brochures.

LE CHEVALIER.

Oh ! pour le coup, M. l'Avocat, vous n'y
songez donc pas ? vous m'accusiez tout à l'heure
de nuire à notre sainte cause, et vous ne crai-
gnez pas de la compromettre cent fois davantage par une semblable déclaration ? S'il étoit
vrai que les coryphées du libéralisme se per-
missent de parler, d'écrire et de déclamer
contre le témoignage de leur propre conviction, quel nom faudroit-il donner à des hommes
pareils ?

L'AVOCAT.

Encore une fois, mon cher ami, vous me
faites vraiment pitié. Je le prévois, à la pre-
mière occasion vous ferez volte-face, et vous
ne méritiez pas d'être accueilli parmi nous.
Pour devenir un vrai libéral, il faut du génie,
beaucoup de génie, entendez-vous, et surtout
une grande force de caractère. L'homme qui
s'arrête à de vains scrupules déshonore la philosophie, et n'est bon tout au plus qu'à faire
un méchant capucin. Je reviens à vous, M. le
Vicomte : nous savons bien qu'une centaine de
Jésuites sont dans l'impuissance de compromettre les libertés publiques ; nous savons bien
que ces pauvres diables ne sont pas aussi dan-

gereux que nous le disons ; mais nous savons aussi, d'un autre côté, que ces messieurs sont d'adroits compères qui connoissent l'art de manier les esprits, et qui nous auroient bientôt supplantés. On nous crie de les laisser faire, puisqu'ils sont repoussés par l'opinion générale. Jarni-dieu ! les habiles parmi nous y voient un peu plus clair. Laissons les faire, et dans trente ans le fanatisme aura changé la face de la nation. Aujourd'hui même que nous faisons tout pour les décrier, cette vermine se multiplie chaque année d'une manière alarmante ; on accourt dans leurs établissemens, et des libéraux mêmes ne rougissent pas de confier leurs enfans à ces détestables mortels. Je voudrois de toute mon ame que l'on pendît sans formalité le premier des nôtres qui se permettroit de donner un pareil scandale, à la honte de la philosophie et des philosophes.

LE VICOMTE.

Mais pensez-vous triompher à l'aide d'une semblable tactique ? Les hommes raisonnables ne s'indigneront-ils pas de ce système de calomnie et de diffamation ? Il se trouve, même parmi les vôtres, des gens qui veulent examiner avant de croire, et réfléchir avant de condamner. Ceux qui voient dans l'infaillibilité du

Pape un dogme absurde et ridicule, n'admet-
tront pas sans doute l'infaillibilité du Courrier
et du Constitutionnel.

L'AVOCAT.

Oh ! que vous êtes bon, M. le Vicomte !
Est - ce qu'on raisonne aujourd'hui ? Quand
nous dirions les plus grandes sottises, nous serions applaudis par la foule : avec deux ou trois
mots de convention nous pourrions facilement
ameuter les trois quarts de la France ! Les mots!
les mots! M. le Vicomte, vivent les mots ! Vous
ne connoissez pas leur terrible puissance sur
l'esprit de la multitude. Qu'on fasse sonner à
ses oreilles les mots emphatiques d'égalité, de
liberté, de superstition, de fanatisme, et vous
verrez des milliers de bonnes gens trépigner
de joie ou frémir de colère, écumer de rage ou
tomber en pamoison. Les hommes qui nous
lisent sont d'une composition si charmante, que
nous leur ferions croire qu'il est nuit close en
plein midi. Nous leur disons que les Jésuites
conduisent nos graves ministres, quoique ces
révérends Pères n'approchent jamais de leurs
doctes Excellences, et ces gens-là crient, sur
notre parole, à la mort des Ministres. Nous leur
disons que les Jésuites ont tué la liberté, dont
cependant, il faut bien l'avouer, nous usons

quelquefois assez largement ; et ces gens-là
maudissent les Jésuites qui ont appelé sur la
France une tyrannie mille fois plus odieuse que
celle du grand Turc. Nous leur disons que les
Jésuites ont paralysé le commerce, qui cependant ne va pas très-mal, et ces bonnes gens
poussent des vociférations et voudroient mettre
les Jésuites en canelle. Nous leur disons, contre
le témoignage de l'histoire, que les Jésuites
furent toujours des ignorans, et voilà nos beaux
esprits de boutique et de carrefour qui vous
soutiendront, avec un sérieux tout-à-fait amu-
sant, que ces infâmes Jésuites n'étoient que des
Visigoths et des Vandales.

LE CHEVALIER.

En vérité, je crois que M. l'Avocat a résolu
de radoter ! Il faut convenir que vous avez pris
un excellent moyen de réfuter notre adversaire,
et que vous aviez bonne grâce de m'accuser tout
à l'heure de compromettre la sainte cause de la
liberté.

L'AVOCAT.

Que notre Chevalier est un pauvre homme,
avec tout son modérantisme !

LE VICOMTE.

Vous convenez donc par-là que vos gens sont
de véritables imbécilles.

L'AVOCAT.

Eh ! bon Dieu ! qui vous dit le contraire ?
je vous accorde cela sans la moindre difficulté.
Il y a vraiment de quoi rire, M. le Vicomte, il
y a vraiment de quoi rire : il n'est pas jusqu'à
maître Grégoire, mon docte barbier, dont
l'indignation philosophique ne soit tout-à-fait
divertissante. Il est surtout furieux contre les
Jésuites, et si cela peut vous égayer un ins-
tant, je vais vous raconter la conversation que
nous eûmes l'autre jour ensemble sur le compte
de ces révérends Pères. — Mon cher Grégoire,
lui dis-je en le voyant entrer, vous en voulez
donc bien à ces pauvres Jésuites ? — Je les
déteste, je les abhorre, M. l'Avocat, et je don-
nerois quinze ans de ma vie pour avoir le plaisir
d'en fusiller un seul. — Mais qu'ont fait ces
messieurs pour soulever ainsi toute votre colère ?
— Ce qu'ils ont fait, M. l'Avocat ! ce qu'ils ont
fait ! l'ignorez-vous donc ? Vous prétendez,
sans doute, vous divertir à mes dépens ? Vous
savez bien comme moi que ces méchans moines
ont prêché les Croisades. — Mon cher Grégoire, je ne sais pas cela et je ne puis pas le
savoir, parce que dans le temps des Croisades
il n'y avoit pas encore des Jésuites sur la terre.
— Cela n'est pas possible, M. l'Avocat, cela

n'est

n'est pas possible ; car le Juge de paix , mon
voisin , qui sait tout ce qu'on peut savoir, m'a
certifié la chose. — Cependant cette chose n'est
certainement pas vraie , et si ton Juge de paix
ne connoît pas mieux le code civil que son
histoire , il faut avouer qu'il ne gagne pas, en
conscience, le salaire que lui donne le Gouver-
nement. — Puisque vous le dites , je le crois
sans peine ; n'importe, je ne change pas d'opinion. Pour un crime de plus ou de moins, les
Jésuites n'en méritent pas moins les honneurs
de la potence. N'ont-ils pas établi la dîme, les
droits féodaux et l'inquisition ? — Est-ce encore
ton fameux Juge de paix qui t'a dit cela ? —
Non, M. l'Avocat, c'est le savant docteur Boniface, cet illustre médecin qui enterre tous les
malades de notre quartier ; pour celui-là il ne
m'aura pas trompé, sans doute, et je suis très-
sûr de mon fait. — Si ton habile docteur a mis
le nez dans l'histoire , il faut avouer qu'il n'a
pas su lire, ou qu'il a voulu s'amuser à tes dépens. Les trois épouvantables fléaux dont tu
parles existoient long-temps avant la naissance
de ces maudits enfans de Loyola. — Ah ! puisque M. Boniface a voulu me tromper , je ne lui
donnerai plus ma pratique, et ce mauvais plaisant n'aura pas l'honneur de m'ordonner une
seule pilule, quand je devrois vivre autant que

C

Mathusalem. Du moins conviendrez - vous ,
M. l'Avocat, que les Jésuites ont assassiné un
certain roi de France nommé Henri III ? —
Non, mon cher Grégoire, je n'en conviendrai
pas, parce que l'assassin de ce certain roi de
France n'étoit point Jésuite ; mais quant à ce
fait historique, un barbier est bien excusable
de l'ignorer, puisqu'un illustre avocat breton
n'en sait pas plus que toi. — Voilà qui m'étonne,
voilà qui me confond. Mais enfin, n'ont-ils pas
détrôné plusieurs tyrans ? n'ont-ils pas cons-
piré, ne conspirent-ils pas encore aujourd'hui?
Cela n'est-il pas clair, n'est-il pas évident,
n'est-il pas incontestable ? — S'ils avoient détrôné des tyrans , nous devrions les en remer-
cier, ils auroient fait une superbe action; mais
ils n'ont pas même ce glorieux mérite. Quant
à leurs prétendues conspirations, s'ils ont fait
un métier pareil, qui est souvent très-honora-
ble , ils l'ont tellement fait à la sourdine, que
l'histoire n'a jamais pu les en convaincre jusqu'ici. Des faiseurs de libelles les en ont accusés;
mais des faiseurs de libelles ne sont pas des
autorités très-respectables. Le Courrier, le Constitutionnel et compagnie peuvent invoquer un
semblable témoignage ; ils ont leur but en le fai-
sant : mais pour toi, mon cher Grégoire, qui te
piques de philosophie , tu ne dois pas en faire

autant. — Direz-vous encore que les Jésuites n'ont pas écrit des livres horribles , des livres atroces, des livres abominables ? — Exagération ! mon cher Grégoire , véritable exagération ! Quelques-uns d'entre eux ont professé des maximes tant soit peu relâchées , mais le plus grand nombre a toujours enseigné la plus saine morale et pratiqué les plus nobles vertus. Quelques-uns ont avancé qu'il étoit permis de tuer un tyran, cela est vrai ; mais l'ordre a protesté contre une telle doctrine ; et d'ailleurs, des libéraux tels que nous devroient-ils leur en faire un reproche ? Convient-il à des gens qui justifient la mort de Louis XVI, de se gendarmer ainsi contre le régicide ? Si les Jésuites , en effet , avoient soutenu cette doctrine éminemment populaire , nous devrions leur tendre les mains en signe de fraternité , et, loin de chercher à les avilir , nous serions tenus , en vertu de nos grands principes, de consacrer à leur gloire des chants de félicitation et des hymnes de reconnoissance. — Mais c'étoient des intrigans , des hypocrites, des ambitieux ? — Voilà des expressions bannales dont on amuse les sots ; ces ambitieux d'un nouveau genre commençoient par renoncer à toutes les dignités ecclésiastiques ; au lieu d'aspirer à parer leur front de la tiare ou de la mitre , ils faisoient l'humble métier de régens dans nos colléges ; ils alloient mourir dans les déserts du Nouveau-Monde ; ils couroient se faire empaler chez les Turcs , ou brûler à petit feu chez les Iroquois. — N'importe , M. l'Avocat , les Jésuites n'en sont pas moins des gens à fusiller ; et si cela n'étoit pas vrai , toute la France ne répéteroit pas le même refrain. — Mon cher Grégoire, c'est que la plupart des hommes font comme toi , ils parlent sans lire , ils jugent sans examiner , ils condamnent sans entendre. — Mais alors, dites-moi, comment avez-vous le courage d'imiter mon exemple, et de crier à l'unisson contre ces maudits Jésuites, qui, d'après vous , seroient plus blancs que la neige ? — Je t'expliquerai cela une autre fois, mon cher Grégoire. Quoi qu'il en soit de notre entretien , prends garde d'en sonfler un mot, ou tu cesseras sur-le-champ de faire dans notre loge l'honorable personnage de frère servant. Crions toujours *à bas les Jésuites*, et nous ferons une chose utile à la gloire de notre pays. — Mais , encore une fois, je ne vous comprends pas , M. l'Avocat. Si les Jésuites que je détestois cordialement ne sont pas d'insignes vauriens, il me semble que notre conduite seroit le comble de l'injustice, et qu'elle blesseroit la conscience de tout bon citoyen. — Ah ! M. le Barbier, vous êtes philosophe, et vous avez des scrupules !

Ne savez-vous pas que ces deux choses sont
tout-à-fait incompatibles ? Renoncez prompte-
ment à ce glorieux titre, ou prenez le parti de
mépriser tous ces petits préjugés de l'ancien
régime ; montrez-vous un homme à grand caractère, ou, croyez-moi, hâtez-vous de quitter
vos rasoirs et de revêtir la robe de capucin.
Mon cher Grégoire, réponds seulement à ma
question : N'es-tu pas toujours l'ami de la petite
Georgette ? — Oui, M. l'Avocat. — Ne vis-tu
pas toujours avec elle sans l'avoir épousée ? —
Oui, M. l'Avocat. — As-tu le projet d'en faire
ta femme ? — Non, M. l'Avocat, Dieu m'en
garde ! — Eh bien ! si les Jésuites s'établissent
en France, il faudra cependant que tu l'épouses
ou que tu lui donnes son congé. — Plaisantez-
vous, M. l'Avocat ? — Non, je ne plaisante
pas, la chose est assurée. — Dans ce cas, mort
aux Jésuites, et vive la liberté !

Que dites-vous, Messieurs, de ce petit col-
loque, n'est-il pas des plus divertissans ?

LE VICOMTE.

C'est à merveille, mon cher Avocat ; mais
cela ne blesse-t-il pas un peu la conscience,
comme le disoit maître Grégoire dans son bon
ens de barbier ?

L'AVOCAT.

Que vous êtes curieux avec votre conscience !
Comment osez-vous tenir un semblable langage
au commencement du dix-neuvième siècle ?
Ne savez-vous pas que la fin légitime les
moyens ? Vous ne récuserez pas sans doute une
telle maxime, que nous devons, suivant nos
grands journalistes, à ces enragés disciples de
saint Ignace, qui n'ont pas toujours été des
sots ni des imbécilles.

LE VICOMTE.

Passons l'éponge sur un système aussi ma-
chiavélique. Je veux croire pour un moment
que le peuple soit susceptible d'être égaré par
vos déclamations ; mais les gens du grand
monde pourroient-ils aussi donner dans un
semblable piége ?

L'AVOCAT.

Oui, mon cher Vicomte, il en est ainsi, et
c'est ce qui passe la portée de mon intelligence.
Parlez des Jésuites à ce grave financier, étendu
sur ses livres à partie double, et vous le verrez
frissonner et pâlir ; on diroit qu'une bande de
voleurs est entrée dans son comptoir, et que
son coffre-fort est déjà mis au pillage. Pro-

noncez le nom de Jésuite devant ce vénérable
magistrat qui revient de l'audience, toute sa
majesté l'abandonne subitement ; ses cheveux
se hérissent, ses regards étincellent, et dans
les transports de sa visible fureur, il va crayon-
ner, avant de se mettre à table, le canevas d'un
foudroyant réquisitoire. C'est beaucoup si le
dîner qu'il doit prendre, après cette violente
explosion, ne lui cause pas une indigestion
terrible ; c'est beaucoup, enfin, s'il ne prend
pas la fièvre, et s'il ne meurt pas suffoqué par
la rage. Parlez des Jésuites à ces jeunes appren-
tis dans l'art d'Esculape, vous les entendrez
soudain vociférer comme si tous les démons de
l'enfer étoient à leur poursuite. Nos gens de
robe, nos hommes d'épée, nos dames du moyen
parage, nos divinités du grand ton, tout perd
la tête au seul nom de ces pauvres Jésuites, qui,
tapis dans un coin, s'étonnent, non sans raison, de causer une telle épouvante et d'inspirer
un pareil effroi. Un vieux gentilhomme Auver-
gnat, gothique champion de la féodalité, se met
à rêver, en gardant ses dindons, que tout le
mal de l'univers arrive par les Jésuites et par
le Clergé ; il se met à faire imprimer ses rêveries, et voilà qu'on l'écoute comme un ange
descendu du troisième ciel. Un grave magistrat
ose, sans rire, proposer de mettre les ministres

en accusation, non pour leur détestable loi du sacrilége, non pour celle du trois pour cent, mais par l'invincible raison qu'ils ne veulent pas chasser cette canaille jésuitique, dont l'existence compromet évidemment le salut de la monarchie française ; et voilà tous nos grands publicistes de comptoirs et tous nos philosophes de boutiques qui battent des mains et qui bondissent d'allégresse. En vérité, quand je vois ce qui se passe, je me pâme quelquefois d'un rire inextinguible, à la manière des dieux d'Homère. Allez dire à nos Parisiens et à nos beaux esprits de province que tout le mal ne vient pas des Jésuites, et vous verrez comme ils vous recevront. Vous en serez quitte à bon marché si l'on se borne à vous donner les étrivières, ou si l'on se contente de vous berner comme le fameux Sancho Pança de burlesque mémoire.

Après cela, MM. les Aristocrates, flattez-vous encore de l'emporter sur nous ! Encore quelques mois, et nous enverrons le peuple détrousser les révérends Pères de Mont-Rouge et de Saint-Acheul. Si les Ministres sont assez pusillanimes pour trembler devant une étole, nous saurons leur apprendre à vivre, et nous verrons s'ils auront le pouvoir de nous imposer des Jésuites.

LE VICOMTE.

M. l'Avocat, je vous remercie du fond de mon cœur ; vous venez de combattre pour moi de la meilleure grâce du monde. Puisque la masse de vos lecteurs croit sur votre parole tous les contes bleus qu'il vous plaît de lui débiter chaque matin, il faut convenir que l'esprit vraiment philosophique est bien rare dans le dix-neuvième siècle, et que ce déchaînement contre les Jésuites est une véritable manie qui va divertir à nos dépens la postérité la plus reculée.

Mais, revenons encore. Croyez-vous que vos gens ne jetteront jamais les yeux sur les journaux de l'aristocratie ? Pensez-vous qu'ils ne finiront pas un beau jour par se défier un peu de vos perpétuels mensonges et de vos fanatiques déclamations ?

L'AVOCAT.

Oh ! que vous êtes plaisant avec votre bonne foi ! Ne leur disons-nous pas que les journaux le l'aristocratie sont écrits par des éteignoirs, et qu'un homme d'esprit ne doit jamais lire de pareilles sottises ? Nos gens croiroient sérieusement se déshonorer s'ils avoient la témérité de jeter, en passant un léger coup d'œil sur ces tristes feuilles si justement délaissées. Entrez dans les cafés de nos grandes et même de nos petites villes ; promenez vos regards sur tous les habitués de ces lieux-là, vous verrez qu'on s'arrache les journaux de la philosophie, et qu'on abandonne les feuilles de l'ancien régime aux vieux originaux nouvellement débarqués de la campagne.

Ah ! MM. les Aristocrates, videz la place, croyez-moi ; retournez, s'il est possible, dans vos antiques donjons, jusqu'au grand jour où nous irons vous en dénicher pour la seconde fois. Vous devez comprendre qu'il n'y a plus rien à faire pour vous dans le monde où nous vivons. Vous aurez beau crier, déclamer, vous escrimer de toutes les manières, soyez sûrs qu'on ne vous écoutera pas. Vous écririez comme La Mennais, qu'on vous prendra toujours pour des sots ou pour des visionnaires. Croyez-moi donc, retirez-vous paisiblement dans vos antiques manoirs, si la révolution a bien voulu vous en laisser la jouissance ; là, vous pourrez pester à votre aise, jurer contre la folie du siècle, radoter comme nos bons aïeux, et même, dans votre zèle fanatique, écrire l'apologie des Jésuites, que personne ne lira.

N'avons-nous pas raison de profiter des bonnes dispositions de ce public bénévole, et de marcher à notre but en nous servant de sa crédulité, que nous décorons du beau nom de philosophie? Les mots! cher Vicomte! les mots! je le répète, c'est une terrible puissance sur l'esprit des hommes vulgaires. Avec des mots, entendez-vous, notre ami, je voudrois détrôner le grand Turc, et faire diviniser Maximilien Robespierre de philantropique mémoire.

LE CHEVALIER.

Je suis forcé de le dire, mon cher Avocat, vous venez de faire la satire la plus sanglante du siècle où nous vivons. Si nos Français vous entendoient, savez-vous qu'ils pourroient fort bien vous lapider, et que pour se venger de vos mépris ils seroient capables d'aller se mettre sous la protection de ces détestables enfans de saint Ignace? Quant à moi, je vous déclare que cette discussion m'a fait monter cent fois le rouge à la figure, et que je commence par douter un peu des fameuses lumières du dix-neuvième siècle.

L'AVOCAT.

Allons vite, chantez la palinodie, enrôlez-vous sous les bannières du jésuitisme; aussi bien ne ferez-vous jamais qu'un pauvre philosophe. Est-ce le peuple, répondez-moi, qui constitue la physionomie d'un siècle ? Ira-t-on juger de nos contemporains par nos politiques de salons et par nos libéraux de comptoirs ? Remarquez bien que j'appelle peuple, non-seulement les artisans et les laboureurs, mais tous ces hommes du haut et du moyen parage qui n'ont jamais su penser par eux-mêmes, et qui sont condamnés à chercher leur opinion dans le sein d'une cotterie ou dans les articles d'une feuille quotidienne. Tout ce monde-là ne se fait pas sentir dans la balance ; les hommes se pèsent et ne se comptent pas. Comprenez-vous cet axiome, M. le Chevalier ? Peu nous importe que ce peuple, grand et petit, soit éclairé, ou qu'il ne le soit pas, pourvu qu'il se flatte de l'être, et que dans cette conviction il agisse dans le même but que les habiles gens. Je n'en soutiens pas moins que le dix-neuvième siècle est celui de la raison ; et j'ai la certitude qu'il donnera bientôt à l'univers un exemple mémorable qui ne permettra plus d'en douter.

LE VICOMTE.

Vous me feriez maintenant plaisir, si vous aviez la complaisance de me confier vos sublimes projets ; je pense que vous comptez assez sur ma discrétion pour cela.

L'AVOCAT.

Très-certainement j'y compte : car, malgré
tous vos préjugés, je vous regarde, je le répète
encore, comme un parfait galant homme. Je
vous plains sincèrement, je voudrois de tout
mon cœur vous communiquer tant soit peu des
lumières qui nous inondent ; mais le temps est
un grand maître, et le temps vous corrigera.

Quand nous aurons fait bannir les Jésuites,
nous ferons chasser les prêtres s'ils ne veulent
pas se montrer dociles à nos projets de réforme.
Pour parvenir à les gagner, il est absolument
nécessaire de les détacher du Pape ; et pour
les rendre nuls, cette condition est absolument nécessaire. Voilà pourquoi nous crions
déjà comme des enragés contre les ultramontains, et que nous sommes devenus, au grand
étonnement des esprits vulgaires, les infati-
gables champions des libertés de l'Eglise gal-
licane. Il est risible, au premier moment,
d'entendre les rédacteurs du Courrier et du
Constitutionnel parler théologie et controverse.
Beaucoup de niais, qui ne descendent pas dans
le fond des choses, se sont divertis à la vue
de ces nouveaux Pères de l'Eglise ; mais on
laisse dire les sots, et le rôle de Tartufe n'est
pas toujours à dédaigner.

Une fois débarrassés des prêtres, nous aurons bon marché des rois, et dans vingt-quatre heures la chute du trône suivra la destruction de l'autel. Alors renaîtra l'auguste liberté, alors reparoîtra sur la terre un nouvel âge d'or; c'est ma seule espérance, c'est ma consolante certitude. Croyez-moi donc, rangeons-nous tous sous les étendards de la philosophie, et en attendant l'heure fortunée de notre délivrance, faisons vite sauter cette bouteille de Champagne, et buvons tous trois ensemble à la prochaine émancipation du genre humain.

LE BON VIEUX TEMPS.

Jadis, autour d'un immense foyer,
A la lueur d'une mêche tremblante,
On racontoit des propos de sorcier;
On racontoit l'histoire surprenante
D'un revenant ou d'un esprit malin,
Ou d'autres fois les niches d'un lutin.
Tout l'auditoire admiroit en silence
Du narrateur la diffuse éloquence;
Les sots valets, les femmes, les enfans,
Mourant de peur, tenoient les bras pendans;
Et dans son trou la vieille gouvernante
N'osant grouiller, pâlissoit d'épouvante.
Gloire éternelle au siècle où nous vivons!
On ne croit plus ces fables ridicules;
Les femmes même et les petits garçons
Sont là-dessus de parfaits incrédules :
Chacun sourit des contes d'autrefois;
De nos aïeux chacun plaint la bêtise,
Et, dans quinze ans, nos derniers villageois
De croire en Dieu n'auront plus la sottise.
Monsieur Touquet, en fécond éditeur,
Verse partout des torrens de lumière;
Tout en filant, la modeste bergère
Lira *Candide*, et formera son cœur
En méditant les écrits de Voltaire.
Grâce au bon homme, on pourra maintenant
Dans un bûcher jeter tout autre livre;

Car la *Pucelle* est un code charmant
Qui suffira pour apprendre à bien vivre.

Au bon vieux temps, nos graves magistrats,
Le front chargé d'une perruque énorme,
Gonflés de mots, esclaves de la forme,
D'un bout à l'autre écoutoient les débats ;
Nouveaux Zénons, Catons impitoyables,
Sans être émus ils condamnoient les gens ;
Dans leur métier ces pédans intraitables
Ne connoissoient ni voisins , ni parens.
A leurs genoux la beauté séduisante
Crioit en vain , en vain mouilloit de pleurs
Les longs replis de leur toge imposante ;
Rien ne pouvoit adoucir leurs rigueurs.
Fiers d'une austère et gothique sagesse ,
Le cerveau plein d'aphorismes cornus ,
Ces loups-garous, dans leur sottise épaisse ,
Auroient bravé les beaux yeux de Vénus.
On ne voit plus nos jeunes Rhadamantes
Sous la perruque étouffer les amours ;
Vrais papillons , girouettes brillantes ,
De leur printemps ils charment l'heureux cours.
Laissant dormir et Cujas et Barthole,
Dans l'art de plaire ils se font écouter ;
En verts galans, sous un habit frivole ,
Nos magistrats osent rire et chanter.
Quand au palais, sur la chaise curule
Ils sont contraints de s'asseoir en passant ;
Quand l'avocat, sur un ton languissant ,
Débat les faits d'un procès ridicule ,
L'un , parcourant le grave *Moniteur* ,
S'endort vingt fois en lisant une page ;
L'autre , riant au nez de l'orateur ,
Fronde tout bas son bizarre langage ;

L'un

L'un rêve aux Grecs , l'autre pense aux Romains ;
Et chacun bâille en se frottant les mains.
Quand a fini l'éloquente dispute ,
On parle , on rit , pour la forme on discute ;
On court aux voix , on prononce l'arrêt ,
Et les trois quarts opinent du bonnet.
Des avocats suivre le verbiage ,
Lire avec soin les pièces du procès ,
Chez nos aïeux c'étoit le sot usage ;
Il étoit bon pour des cerveaux épais :
Je le conçois , plus heureux que nos pères ,
Nous savons tout sans avoir rien appris.
Vains détracteurs ! ô farouches esprits !
Admirez donc le siècle des lumières.

　　Au bon vieux temps , le plus mince écrivain ,
Bouffi de grec , hérissé de latin ,
En vain savoir , en science profonde ,
Osoit lutter avec les érudits ,
Et le savant , inconnu du beau monde ,
Sur des bouquins prenoit les cheveux gris.
On se battoit pour l'honneur d'Hérodote ;
Et nos aïeux, malins et goguenards,
Pour les beaux yeux de monsieur Aristote
Se déchiroient par d'odieux brocards.
Une virgule agitoit le Parnasse ;
Et nos auteurs, en très-mauvais chrétiens ,
Pour quelques vers de Virgile ou d'Horace
Se querelloient comme de vrais païens.
Si la fortune , attentive à leur gloire ,
Avoit du moins couronné leurs travaux ;
Si pour entrer au temple de mémoire ,
Ils n'avoient pas immolé leur repos ,
A leur destin je porterois envie :
Mais nos auteurs, aussi gueux que pédans ,

D

Après avoir rimaillé soixante ans ,
Sur un grabat tomboient en léthargie.
Comme ici-bas tout s'est amélioré !
Pour conquérir les plus nobles suffrages ,
Il n'est besoin, dans ce siècle éclairé,
De se morfondre à polir ses ouvrages.
On ne va point sur des livres poudreux
Pâlir quinze ans pour flétrir son génie ;
D'être érudit on n'a point la manie ,
Et nos auteurs n'en sont pas moins heureux.
Temps fortuné ! sans avoir lu l'histoire
On peut parler des Grecs et des Romains ;
Et pour atteindre au faîte de la gloire
On a trouvé mille nouveaux chemins.

Au bon vieux temps , nos écrivains timides
Suivoient du goût les tyranniques lois ;
De la nature on consultoit la voix ;
On bafouoit les rimeurs intrépides
Qui , sans frémir , bravant les préjugés ,
D'un art mesquin secouoient les entraves ;
Et leurs rivaux, en superbes esclaves,
Sur leurs écrits fondoient en enragés ;
Mais aujourd'hui notre littérature
Ne connoît plus ces préceptes bourgeois ;
Sans infamie on rit de la nature ,
Et cependant tout va mieux qu'autrefois.
Veut-on briller au sommet du Parnasse ?
Vite , enflons-nous d'un vrai galimathias ,
D'un lourd Pathos , et dans cinq ou six pas
Nous y grimpons à la barbe d'Horace.
Bavard diffus , romantique orateur ,
Du noir palais briguons-nous les suffrages ?
Du vieux Cochin , vulgaire discoureur ,
Jetons au feu les doctrines sauvages.

D'un goût tremblant dédaignons le secours ;
Marchons sans frein , discutons sans méthode ;
De mots ronflans parsemons nos discours ,
Et dans six mois nous serons à la mode.
Dans le roman voulons–nous exceller ?
De Valter-Scott imitons la folie ;
C'est un grand homme , un auteur de génie :
Qui de Valter oseroit mal parler ?
Il dit , redit , il écrit pour écrire ;
Et le bon ton ordonne qu'on l'admire.
En vain cent fois je bâille en le lisant ,
En convenir ne seroit pas prudent.
Qu'importe donc ? imitons son allure ;
Au poids de l'or nous vendrons nos écrits ,
Et tous les dieux de la littérature
Nous placeront au rang des beaux esprits.
Grâce à deux mots couchés dans la Gazette ,
Et rédigés par l'ami Gosselin ,
Le grand seigneur , le marchand , la grisette
Nous reliront du soir jusqu'au matin.
Oh ! l'heureux temps que le siècle où nous sommes !
On court sans peine à la célébrité ;
Et pour enfler la liste des grands hommes,
Le goût n'est plus une nécessité.
Pillons , pillons anciens et modernes ;
En cent lambeaux mettons nos vieux auteurs;
Plus aujourd'hui nos écrits seront ternes,
Plus nous aurons d'ingénieurs prôneurs.
Déraisonnons en phrases romantiques
Sur les travaux de nos grands politiques ;
Chantons les Grecs; et de prose et de vers ,
Pour les venger , inondons l'univers.
Au nom des lois et de la tolérance,
De Loyola déchirons les enfans ;

Calomnions les beaux jours de la France,
Et sans rougir moquons-nous du vieux temps.
Bravant des sots les impuissans murmures ,
Sous notre gloire étouffons l'avenir;
Et le public , enivré de plaisir ,
S'arrachera nos piquantes brochures.
    Au bon vieux temps, on ne connoissoit pas
L'urbanité qui distingue notre âge ;
Dans un festin on rioit aux éclats ;
On étoit gai comme on l'est au village.
Joyeux discours et folâtres propos,
Vieille chanson , circuloient à la ronde,
Sans étiquette on festoyoit son monde ;
Et vin du crû ruisseloit à longs flots.
Trente à la fois on parloit sans mystère ;
On plaisantoit sans contrainte et sans art ;
Se divertir étoit la grande affaire,
Et du banquet chacun partoit gaillard.
    Mais aujourd'hui l'on est plus raisonnable,
On connoît mieux les règles du bon ton ;
Pour s'égayer on ne va plus à table,
Et des festins on proscrit la chanson.
On boit, on mange, on jase avec mesure ;
D'un air discret chacun parle à son tour;
En mots ronflans dictés par la nature,
On fait la guerre aux ministres du jour;
Le général , d'une voix martiale ,
Blâme un arrêt ou discute une loi ;
Le magistrat , d'une voix doctorale ,
Juge , décide un article de foi ;
Un lourd banquier y détrône le pape;
Un charlatan , devenu grand seigneur,
Glose et médit des enfans d'Esculape ;
Une Laïs discute sur l'honneur :

Enfin , chacun débite sa maxime ,
Et de trop rire on se feroit un crime.
On déraisonne , on bâille à l'unisson ,
Puis , d'un pas grave , on se rend au salon.
Une beauté tenant la présidence,
Dans un fauteuil , y dicte ses arrêts ;
D'un air tranchant elle blâme la France ;
De l'Angleterre elle fait le procès ;
Avec esprit sa brillante mémoire
De Montesquieu met la prose en lambeaux ;
De Bolivar préconisant la gloire ,
Notre beauté chante les libéraux ,
Donne une charte aux enfans du prophète ;
De Loyola maudit les nourrissons ,
Prédit leur chute, annonce leur défaite ,
Et du Courrier répète les leçons.
     Nos bons aïeux , par un choix ridicule ,
A leurs enfans donnoient des noms bourgeois :
Dans leur génie imbécille et crédule ,
D'un goût barbare ils observoient les lois.
Un président s'appeloit Nicodème ;
Un général Grégoire ou Nicolas ;
Dans nos hameaux et dans nos cités même ,
On ne voyoit que Pierrot , que Lucas ;
C'étoient partout des Simon , des Nicaise ,
Des Barnabé, des Antoine ou des Blaise.
Ma grand'maman s'appeloit Jeanneton ;
Ma bisaïeule avoit nom Marguerite ,
Sa sœur, Agnès, et sa nièce , Brigitte.
Le triste goût ! le pitoyable ton !
On n'osoit pas sortir de la légende ;
On choisissoit les noms les plus cornus.
Que du vieux temps la sottise étoit grande !
On a proscrit tous ces noms roturiers,

Jadis si chers à nos aïeux grossiers.
De notre temps on ne voit plus en ville
Que des Caton , des César , des Emile ;
Mon frère aîné s'appelle Anacréon ;
Mon grand cousin porte le nom d'Achille ;
Là j'aperçois Aristide et Léon ;
Je vois plus loin Fabius , Théophile ,
Et sur mes pas j'entends marcher Camille.
Alcimadure habille mes enfans ;
Eléonore a soin de ma cuisine ,
Et Malvina , Corallie , Euphrosine
Brodent ma veste et tricotent mes gants.
Dans le village il n'est plus de Lisette ,
De Margoton , de Jeanne, de Perrette ;
Et dans les champs on ne rencontre plus
Que des Chloé , des Fanny , des Julie ;
Vous n'entendrez , sous nos bosquets touffus ,
Que les doux chants de Rose et d'Emilie.
Anacharsis cultive mon jardin ,
Ivanohé fait paître mes génisses ,
Et nos bourgeois , dans leurs joyeux caprices ,
Sont tous parés d'un nom grec ou romain.
  Au bon vieux temps, nos sauvages grand'mères
Dans la retraite enterroient leurs appas ;
Dans la cuisine , avares ménagères ,
On les voyoit préparer un repas ,
Coudre , filer , tricoter à l'aiguille ;
Ou , gourmandant dix à douze bambins ,
Maintenir l'ordre au sein de leur famille
Et condamner tous les plaisirs mondains ;
En fredonnant un air mélancolique ,
Une romance , ou quelque vieux cantique ,
Entre un époux et de tristes enfans ,
Par le travail elles charmoient le temps.

Quelle pitié ! quelle ennuyeuse vie !
Oh ! qu'aujourd'hui ton sort est plus heureux ,
Sexe adoré qu'envain l'on calomnie !
Tu peux , sans craindre un éclat dangereux ,
Courir les bals , fréquenter le beau monde ,
Laisser l'aiguille aux filles du quartier ,
Et , dédaignant un obscur tablier ,
Dans les plaisirs fuir un mari qui gronde.
On ne voit plus la beauté de vingt ans
Périr d'ennuis dans un triste ménage ,
Et dans les fers d'un maussade esclavage
Mettre sa gloire à soigner ses enfans.
Dans un salon , en femme de génie ,
Vous l'entendrez disserter sur les lois ,
Citer Pascal , parler géologie ,
Ou censurer les actes de nos Rois.
Pour égayer ces trop graves matières ,
On l'entendra chanter du Rossini ,
Piller Mozart , répéter son Grétry ,
Ou roucouler des romances guerrières :
Fuyant les cris de ses jeunes marmots ,
Sur un sopha Madame se balance
En feuilletant quelques romans nouveaux
Que la Tamise a vomis sur la France ;
Ou d'un galant savourant le caquet ,
Madame écrit sur l'amour platonique ,
Ou bien , tapie au fond d'un cabinet ,
Elle compose un traité de physique.
  Au bon vieux temps, dans un cercle borné
Chacun restoit sottement confiné ;
Le magistrat, charmé de son grimoire ,
Hors du barreau ne voyoit rien de bon ;
Le médécin, d'un barbare jargon ,
Se contentoit d'enrichir sa mémoire :

Le financier, assis dans son comptoir,
Se pavannoit dans sa crasse ignorance ;
Et le maraut, fier de son opulence,
Avec dédain contemploit le savoir.
Nos grand'mamans, loin de savoir écrire,
Nos grand'mamans savoient à peine lire.

    Oh ! parmi nous quel heureux changement !
De son état franchissant la limite,
Suivant l'essor d'un esprit transcendant,
Chacun poursuit vingt genres de mérite :
Le magistrat griffonne des chansons ;
Le financier compose des brochures ;
L'homme de cour, bravant de sots murmures,
Parle, décide, écrit sur tous les tons ;
Mon avocat de Tacite est l'émule ;
Mon médecin rime comme Boileau ;
Mon perruquier chante comme Tibulle,
Et mon laquais a lu son Daguesseau.
Nos jeunes gens, au sortir de l'école,
Pourroient donner des leçons à nos rois ;
Et le beau sexe, autrefois si frivole,
Redresseroit tous nos faiseurs de lois.
De mon tailleur la science profonde,
J'ose le dire, étonneroit Platon ;
Mon procureur inédite son Bacon,
Et mon cocher gouverneroit le monde.

FIN.

LYON, IMPRIMERIE DE RUSAND.